Thomas Schlichte

Poolgeflüster

Widmung

Dieses nicht ganz ernst gemeinte Büchlein ist zwei

lieben Freunden - Günter und Dani - gewidmet, die

mich im Rahmen einer Urlaubsreise auf diese Idee

gebracht und mich zu dem etwas anderen

„Poolgeflüster" inspiriert haben. Viel Freude!

„Was für eine Aussicht!", dachte ich.

Diesen Urlaub wollte ich einfach nur genießen, ich war schon lange nicht mehr fort von daheim gewesen. Warum auch? Das Wetter ist, da wo ich herkomme, gerade im Sommer so schön, dass man nicht zwingend wegfahren muss oder die Strände anderer Länder dieser wunderbaren Welt erkunden sollte. Aber im Herbst, wenn man mitunter tagelang im Nebel sitzt oder im Februar der Fasnet, dem Fasching oder Karneval – ganz, wie ihr es nennen mögt – entfliehen mag, ist ein Trip in die Sonne etwas Feines. Und in Zeiten der Pandemie, die das Reisen phasenweise unmöglich und teilweise erschwert hat, tut ein Tapetenwechsel doppelt gut, nicht wahr? Und: Schließlich trifft man am Ziel viele Landsleute, sodass man sich gar nicht groß umstellen oder eine fremde Sprache im Schnelldurchlauf – also in den letzten Tagen vor der Abreise – noch erlernen muss.

Das Einzige, was mitunter schwierig ist, sind die vielen Dialekte, die in der Bundesrepublik gesprochen werden – erst recht, wenn einige davon irgendwo in der Ferne aufeinander treffen. So auch an meinen Zielort, den ich nach wenigen Stunden im Flieger und einem etwas holprigeren Bustransfer erreicht habe. Da wird schon einmal recht wild durcheinander gesprochen oder sämtliche Sehenswürdigkeiten - oder welche, die man dafür hält, ganz unterschiedlich ausgesprochen oder betitelt. Eigentlich ja witzig und amüsant, weil ja jeder weiß, was gemeint ist. Aber wenn es dann Mitreisende gibt, die anderen ihre Aussprache oder den Dialekt madig machen möchten, ist das schade. Oder wie soll man das sonst nennen? Gerade erst am Hotel angekommen, hört man sofort die fachmännische Bemerkung: „Das hat aber im Reiseprospekt ganz anders ausgesehen?" Ja, logisch – wen wundert's...!

Kurz noch eben eingecheckt und rauf ins Zimmer, um das Badeoutfit aus dem Koffer zu holen. So war zumindest der Plan. Doch schon auf dem Weg zu meiner Bleibe, begegnet mir ein buntes Allerlei an Mundart aus Deutschland und einigen benachbarten Ländern. Während die einen über die Hitze stöhnen, beklagen sich andere über den Zimmerservice und das Essen in den Restaurants.

„Nicht mal Schnitzel gibt es hier – und das schon seit drei Tagen nicht!"

Ich ertappe mich dabei, wie ich mir vorstelle, dem Mittfünfziger mal eben zu erklären, wo er sich just in diesem Moment befindet und dass ein Schnitzel nicht zum täglichen Brot in diesem Kulturkreis gehört. Aber ich lasse es lieber bleiben – man will ja eigentlich einfach nur in Ruhe entspannen.
Bevor ich mit meinem Koffer und den Unterlagen des Reiseanbieters überhaupt erst in die Nähe meines Zimmers komme, wird mir auch schon eine Massage angeboten.

„Vielen lieben Dank", rufe ich und winke freundlich – aber bestimmend – ab.
Anschließend versucht es einer mit einer Bootstour – in Ruhe ankommen? Fehlanzeige! Als man es dann doch noch aufs Zimmer geschafft hat, lacht einem ein schick gefaltetes Badetuch auf dem Bett entgegen. Ja, keine Frage, hat etwas. Als ich mich gerade darauf einstellen möchte, mich umzuziehen und erst einmal auszupacken, klopft es auch schon an der Zimmertüre. – es werden frische Handtücher und stilles Mineralwasser gebracht. Wirklich sehr aufmerksam, na klar. Ich bedanke mich mit einem freundlichen Lächeln, das mir auch prompt entgegengebracht wird. Ja, etwas Geld gibt es auch, ist ja so üblich in diesem Paradies. Unten am hoteleigenen Strand ist das Klima ähnlich heiß wie bei den „Schnitzelfreunden" und die Stimmung vergleichsweise recht aufgeladen.
„Das hier waren unsere Ligen, die haben wir bereits heute in der Frühe reserviert!", schnappe ich im Vorbeigehen auf.

„Erstens sind das nicht eure, zweitens ist Reservieren gar nicht erlaubt und drittens stehen nur einen Meter daneben zwei identisch gleiche Ligen, die von ein- und derselben Sonne angestrahlt werden", antwortet der Mann seinem „Widersacher".
„Nun, diese Antwort könnte die Situation nun nicht wirklich entschärfen...", murmle ich leise vor mich hin und ziehe schnellen Schrittes von dannen. Denn ich wollte in meinem Urlaub ja nicht gleich als Mediator zwangsverpflichtet werden und stelle am anderen Ende des Strandabschnitts sofort fest, dass die Ligen wirklich alle gleich aussehen und die Sonne selbst an meinem Platz für angenehme Wärme sorgt. Und: Auch der Sand zwischen meinen Füßen ist der gleiche – total verrückt, nicht?!

Als ich gerade eindösen möchte, höre ich, wie eine Mama ihrem Sprössling mitteilt, er möge seinem kleinen Bruder bitte nicht schon wieder die Plastikschaufel auf den Kopf hauen, während der Jüngere die Ansage bekommt, das Werfen von Sand doch bitte endlich zu unterlassen...

Dass beide dieser Bitte nicht nachkommen und der Ton der Mutter daraufhin sehr viel lauter wird, ist klar – aber ich erwähne es dennoch an dieser Stelle gerne. Mir egal – ich bin – wie gesagt – hier, um mich zu entspannen und um ein bisschen Vitamin D zu tanken.

Passt ja zu einem sonnigen Gemüt wie mir, das selbst an der Schlacht ums Büffet am ersten Urlaubsabend die Übersicht behält. Ich schaue mich erst einmal um, was es so alles gibt und gehe dann erst mit einem Teller los. In diesen wenigen Sekunden kommt es mir so vor, als habe so mancher seit drei Wochen nichts mehr zwischen die Zähne bekommen, obwohl die körperliche Erscheinung einen ganz anderen Eindruck erweckt. Nur gut, dass es – neben vielen einheimischen Speisen – auch Burger und Pommes gibt. Ein Segen für die „Mit-Urlauber", die sich im Hotelrestaurant total angemessen zu kleiden wissen – oder aber auch nicht. Ist ja eine reine Ansichtssache. Muskelshirts sind doch schön.

Kaum ist der letzte Bissen geschluckt, geht's in die Lobby beziehungsweise an die Hotelbar. Es gilt, die Eindrücke des ersten Urlaubstages per Flüssignahrung sofort zu verdrängen. Zumindest sieht's genauso aus, wenn die Bauchtasche abgeschnallt und das Mobiltelefon mal nicht ununterbrochen vor sich hin bimmelt. Man muss ja den Daheimgebliebenen nochmal ganz genau erklären, dass man nun im Urlaub ist. Aber auch, was man alles nicht so toll findet – und das in einer Lautstärke, dass es hoffentlich auch wirklich jeder Reisende mitbekommt. Und das an Tag eins? Ja, gut macht Sinn…!

„Ich habe selten so schlechte Pommes gegessen. Und der Fusel hier – eine einzige Katastrophe!"

Falls man solche Sätze mitbekommt, weiß man ja schon, wie poetisch diese Goethes und Schillers ihren Trip nach ihrer Rückkehr auf gängigen Reiseportalen beschreiben werden und wie wenig Sterne sie dort verteilen, obwohl sie gerade jede Menge davon sehen.

Der – Zitat „Fusel" – macht's ja schließlich recht problemlos möglich, literarisch zu sein.

Am nächsten Morgen haben genau diese Urlauber das größte Verlangen nach Kaffee, aber den kleinsten Geduldsfaden, bis der Automat – aus ihrer Sicht endlich – wieder mit frischem Wasser und neuen Bohnen aufgefüllt ist; also weiter zum Saftspender. Selbst da ist ihnen viel zu viel los, die Schlange zu lange und das Angebot an Gläsern zu gering. Kann ich nicht wirklich nachvollziehen – mir reicht für ein Getränk nämlich genau eines davon.

Nach diesem Ärgernis entschließen sich besagte Hotelgäste dazu, erst einmal auf die Terrasse zu gehen, um eine zu qualmen – oder: am besten gleich zwei. Man weiß ja nicht, was der neue Tag so mit sich bringt. Während am Pool über das Neueste aus der Welt der Promis – wirkliche und welche, die glauben es zu sein, weil sie mal Teil einer Casting-Show gewesen sind – diskutiert wird, da man es am Vorabend „beim RTL" auf dem Hotelzimmer gesehen hat, wird weiter hinten auf der Aktionsbühne Zumba und im Becken Wassergymnastik zelebriert – und wie.

Man möchte ja sportlich bleiben in den Ferien. Aus diesem Grund messen sich ein paar junge Männer, die sich offensichtlich gerne in Fitnessstudios oder beim Tätowierer aufhalten, im Beach-Volleyball. Als der Hüne mit dem gegelten Haar den Ball beim Schmetterangriff tief im Sand zu vergraben versucht, kommt von der anderen Seite des Netzes aus dem Mund eines nicht weniger muskulösen Typen ein beherztes „Aus!". Damit ist Mannschaft A nicht wirklich einverstanden.

„Also, hör mal. Der war drin oder zumindest auf der Linie, du Blindfisch!" schallt die Klageschrift prompt über die Anlage.
„Wie wäre es mit Wiederholung?", schlägt der deutlich schlankere Animateur mit Trillerpfeife um den Hals vor.

Die Spieler beider Teams nicken nach kurzer Beratung, der „Kalte Krieg" im Sand ist somit sogleich abgewendet worden. Weiter geht's!

Unweit davon unterhalten sich zwei junggebliebene Damen – also eher vom Herzen – dazu passend darüber, wie einfach Männer doch gestrickt sind und dass ihnen die Kerle besser gestohlen bleiben können. Diese Analyse wird abwechselnd mit einem Schluck Bier oder dem beherzten Zug an der Ziggi erstellt und – nach dem letzten gemeinsamen Anstoßen – auch zur Wahrheit letzten Schlusses gekürt.

Wenige Stunden später am Büffet liegen mehr Zwiebeln und Oliven am Boden, als in der Auslage – dazu gesellen sich, na klar, ein paar Pommes. Denen war es dort oben wohl auch zu langweilig. Irgendjemand wird die – Zitat „Sauerei da!" – schon noch wegmachen.
„Sie erst gar nicht entstehen zu lassen, wäre doch etwas...", flüstere ich im Vorbeigehen in mich hinein. Oder einfach – wenn's eben mal passiert – sich selbst darum kümmern, könnte ja, trotz Urlaub, eine nicht verkehrte Idee sein. Aber das wäre vielleicht zu kurz gedacht.

Schließlich möchte man ja in den Ferien keine Hausarbeit verrichten müssen oder Dinge erledigen, die gegebenenfalls schon in den eigenen vier Wänden nicht sehr beliebt sind. Danach geht es an der Bar weiter, Nachspülen nicht vergessen. Es war ein sehr stressiger Tag! Dieser „Stress" sollte am nächsten Morgen direkt weitergehen, als man gemeinsam zu einem vom Reiseveranstalter angebotenen Ausflug aufbricht. 8.45 Uhr Treffpunkt an der Rezeption, 9 Uhr Abfahrt. Mitzubringen sind gute Laune, Geld, Sonnenschutz und Wasser. Schon beim ersten Punkt der Eckdaten hapert es, total Verschlafen und sichtlich übernächtigt hastet ein junges Paar um 9.12 Uhr in die Lobby. Beide sehen aus, als kämen sie direkt aus der Disco oder hätten sich die ganze Nacht anderweitig (miteinander) vergnügt. Dass beide Flip-Flops und keine Kopfbedeckung tragen, sollte an dieser Stelle noch erwähnt werden. Die Laune bei den überpünktlichen Senioren ist da schon ziemlich weit im Keller.

Das sind übrigens die Urlauber, die schon um 17.30 Uhr in der Hotellobby in der dazugehörigen Abendrobe vor dem Speisesaal auf und ab marschieren und nicht abwarten können, bis die Armbanduhr endlich 18.30 Uhr anzeigt. Im Bus-Shuttle zum Ausflugsziel ist die Klimaanlage defekt – Fenster auf und viel trinken. Während man an seinem Wasser nippt, möchte der junge Mann etwas kaufen. Enttäuscht muss er feststellen, dass dies nicht möglich ist, woraufhin sich auch die Stimmung bei seiner Freundin schlagartig verändert – aber nicht gerade zum Positiven.

Unter ihrer Laune mit dazugehörigem Gesichtsausdruck leiden auch die anderen Gäste, die kopfschüttelnd aus dem Fenster schauen, während eben dieser Herr, der sich gerade noch über das frisch verliebte Paar aufregte, feststellt, dass er keine Batterien in seiner Kamera hat. Daraufhin fasst sich seine Frau an die Stirn, während die beiden Turteltäubchen gegen das Loslachen ankämpfen. Motto: Smartphone mit geladenem Akku – kennste, alter Mann...?!

Zur gleichen Zeit reißt der Reiseführer seine üblichen Witze, von denen man manche tatsächlich noch nicht – oder aber nur in einer anderen Version – kennt. Bei jeder Straßenschwelle knurrt der Mann ganz hinten vor sich hin, hält seiner Frau einen kurzen Vortrag über Straßenbau, um dann in seinem eigenen Reiseführer zu lesen. Die Brille dabei ganz vorne auf der Nasenspitze tragend.
Ab und an gibt der Bus seltsame Geräusche von sich – gehört aber dazu, so wie der wiederkehrende Ausspruch: „Diese Hitze".

„Schau mal, ein Kamel..."
„Da sollten die vielleicht mal weiterbauen – das ist ja potthässlich!"
„Hast du den Rollerfahrer gesehen?"
„Oh, wie schön. Eine Palme."
„Die fahren aber hier wie die Henker, oder?!"

Diese Reihe von Zitaten ließe sich an dieser Stelle noch beliebig lange fortsetzen... Doch: Es gefällt mir, wenn es so rüberkommt, als würden manche Mitmenschen gewisse Dinge zum allerersten Mal sehen.

Oder denken die etwa, dass der Nebenmann oder die Nebenfrau (quasi) blind sind. Es wäre schon mal schön, auf solchen Fahrten folgendes zu hören:

„Ich habe doch Augen im Kopf!"
Oder aber: „Das sehe ich doch alles selbst..."

Dass das jedoch irgendwie nie passiert, wundert mich bis heute – oder ich verstehe das alles falsch und viele haben solche Dinge gegebenenfalls wirklich noch nie gesehen. Es könnte ja durchaus sein. Oder aber sie wollen einfach nur ihre Ruhe und keinen Streit haben. Aber mein Fall ist das nicht. Das ist so, wie wenn jemand im Kino die ganze Handlung vorquatscht. Nervt total!

Nervig sind auch diejenigen, die ständig an der Hotel-Lobby vorsprechen, weil ihnen dieses und jenes fehlt – zum Beispiel „RTL". Es ist ja nicht so, dass man in diesem wunderschönen Land andere Dinge tun könnte, als sich auf dem Zimmer zu verbarrikadieren und den Haus- und Hofsender zu schauen.

Aber: Warum denn, bei der – ihr ahnt es bereits – „unglaublichen Hitze". Nun, ich bin ja gerne an der Sonne, versuche mich allerdings dennoch entsprechend zu schützen – so ein Sonnenbrand könnte die ansonsten immer noch gute Stimmung trüben. Dass Einige trotz eines mehr als offensichtlichen Sonnenbrandes, dennoch jeden Sonnenstrahl mitnehmen wollen, erstaunt – und wie. Schon wieder, mal wieder. Macht ja nichts, denn erst dann kann man Zuhause auch wirklich sagen, dass man irgendwo im Warmen gewesen ist. Falls, ja falls es sich vorher nicht alles schält.

Gut möglich. Einigen Urlaubern ist das egal, sie gehen selbst mit „Schlangenhaut" am Pool stolz wie ein Gockel auf und ab. Dabei sind sie natürlich darüber hinaus stets auf der Suche nach dem nächsten kultivierten Plausch zwischen den vielen Schirmen und Liegen. Das könnte dann in etwa so ablaufen, oder?!

„Kennst du das? Du sagst ihm etwas, er nickt,
aber hat es dann doch nicht aufgenommen?"
„Das ist doch immer so bei Männern!"
„Ich habe das schon über 30 Jahre daheim.
Aber was willst du da machen?"
„Da kannst du nichts machen. Das musst du
so hinnehmen. Geht mir nicht anders bei
meinem Schwiegersohn. Ich könnte den ja..."
„Magst du auch nochmal einen?"
„Ja, bringst mir einen mit – aber bitte mit Eis."

Zugegeben: Mich hätte ja schon interessiert,
was mit dem Schwiegersohn von Dame A ist –
doch ich setzte dann doch lieber die Kopfhörer
auf. Bis, ja bis ich die nächste Massage und die
übernächste Safari-Tour angeboten bekomme.
Ach, ist das nicht herrlich? Man wartet ja nur
drauf. Ja, die freundlichen Menschen machen
„nur" ihren Job. Aber wenn ich etwas buchen
möchte, dann melde ich mich – ganz
bestimmt. Doch am besten an der Rezeption.

„Mama, darf ich ein Eis?“
„Ok, aber bringe dein Bruder auch eins mit?“
(Das ist mit Absicht so geschrieben, ehrlich).

Ratlos blickt der Junge seine Mutter an. Motto: Welcher Bruder? Seit wann habe ich denn sowas? Hm, ach egal, ich möchte jetzt ein Eis.
„Weißt du nicht, wo dein Bruder ist?“
„Nö, keine Ahnung.“
„Dir ist aber schon klar, dass er noch nicht Schwimmen kann?!“
„Ja, weiß ich doch.“

Hektisch springt die Frau Mama auf und verschüttet dabei fast ihr Kaltgetränk. Was da eigentlich im Glas ist, kann man nicht so genau definieren. Aber: Stilles Wasser sieht irgendwie anders aus. Hauptsache, der „verlorene Sohn“ taucht wieder auf. Prost! Tatsächlich ist dieser irgendwann wieder in Sichtweite und nach einer kurzen Standpauke für beide Sprösslinge kann der Strandurlaub ja dann auch wieder weitergehen. Alles entspannt. Bis, ja bis jemand am Rand des Pools den Wasserball an den Kopf bekommt.

Ja, das erschreckt nicht nur, sondern kann zudem richtig wehtun – na klar. Auch hier kommt es glücklicherweise nicht zum Gerangel, sondern bleibt beim verbalen Schlagabtausch. Wahrscheinlich ist der Pegel noch nicht hoch genug – und damit meine ich natürlich nicht den des Schwimmbeckens. Also alles ganz easy, völlig harmlos...

Zugleich ist mal wieder großer An- und Abreisetag. Während die einen in der Lobby noch einen letzten Drink nehmen, bevor ihnen das bunte Band schweren Herzens – so sieht es zumindest aus – abgeschnitten wird, starten die anderen zurück zur Poollandschaft. Und, na klar, eine Schlange von anderen Urlaubern steht an der Rezeption, um sich anzumelden beziehungsweise einzuchecken. Denn – und das sieht man ebenfalls öfter – manche Sonnenhungrigen fallen dem einen oder anderen Kellner oder Kofferträger um den Hals. Ist ja verständlich, schließlich kommt man bereits seit gefühlt 20 Jahren in eben dieses Hotel und kennt hier bereits jeden Quadratzentimeter in- und auswendig.

Warum auch nicht? Der Mensch ist schließlich dafür bekannt, ein Gewohnheitstier zu sein. Und dann, ja dann, fällt mir tatsächlich eine Gruppe Neuankömmlinge ins Auge, die nicht nur alle den gleichen Haarschnitt tragen, sondern zudem den ein- und denselben Zweiteiler aus knallbunter Ballonseide. Anhand des Größenunterschiedes und der Altersstruktur ist davon auszugehen, dass diese Urlauber diesen Modeschrei nicht in der gleichen Größe mit sich herumtragen – davon zeugt nämlich auch der unterschiedliche Bauchumfang der Herren mit den Koffern im Anschlag. Ihr ahnt es bereits: Diese sind zwar weniger bunt, aber dafür genauso recht identisch. Macht ja nichts, denn so wie es aussieht, wohnen alle vier ohnehin gemeinsam in einen Zimmer. Oder – und das wäre für alle Beteiligten besser – in zwei Räumen. Aber dann doch bitte direkt nebeneinander, damit man sich trotz Handy und W-LAN schneller und unkomplizierter findet beziehungsweise problemlos miteinander verabreden kann.

Dass diese Herren am Abend beim Büffet noch immer in ihren Jogginghosen und Oberteilen unterwegs sind, versteht sich von selbst und möchte ich an dieser Stelle nicht verschweigen. Ihr habt es euch denken können... Schwamm drüber und rein ins Unterhaltungsprogramm mit viel Live-Musik, noch mehr Tanz und reichlich Alkoholischem. Dass ich nicht besonders gut singen kann, dazu stehe ich auch. Doof nur, dass so manche Urlauberin glaubt, sie müsse den Solokünstler auf der Bühne unbedingt mit ihrer Stimme begleiten. Dabei ist weder ihr Englisch, noch ihr Gesang richtig – aber vielleicht habe ich mich ja auch nur verhört, weil ich noch nicht ausreichend Bier abbekommen habe. Ganz klar also mein Fehler – ich bitte um Entschuldigung! Kommt nicht mehr vor... Mein Blick schweift in der Lobby umher und ich entdecke eine Horde junger Männer, die wohl das Abendprogramm gebucht haben. Ab ins Nachtleben dieses malerischen Ortes, man muss ja am nächsten Morgen nicht auf Arbeit sein. Ja, ein paar Animateure und ihre weiblichen Mitstreiterinnen sind natürlich auch mit von der Partie. Schlaf ist unwichtig...

Was der nächste Morgen so mit sich bringt, ist jetzt alles andere als wichtig. Ich verneine es übrigens mitzugehen, obwohl mich die aus Osteuropa stammende Animateurin so lieb und offenherzig darum bittet. Ich hoffe, dass bei ihr später – insbesondere auf der Tanzfläche in der Diskothek – alles in der Bluse drin bleibt - zumindest, bis sie wieder etwas mehr Privatsphäre hat oder genießt.

Der nächste Tag im Urlaubsparadies mit herrlichem Wasser in verschiedensten Blautönen, angenehm feinen Sand und wohltuender Sonne beginnt früh – aber ohne die Disco-Gang. Gut, die Animateure sind alle bereits da und im Frühstücksraum anzutreffen, aber von den partyhungrigen Jungs aus dem Westen der Republik fehlt noch jede Spur. Aber das war ja nun zu erwarten. Erst am Nachmittag taucht der eine oder andere an der Poollandschaft auf und wirkt noch – sagen wir mal – ziemlich mitgenommen. Ja, der regelmäßige Genuss von alkoholhaltigen Drinks ist nicht einfach, ganz bestimmt nicht. Es ist ein großer Fight!

Es sieht ja meistens – oder eigentlich ja immer – nur leicht aus, das mit dem ständigen Betrinken. Doch eines sei gewiss, bei der nächsten Disco-Tour am Folgeabend sind alle wieder mit dabei. Motto: „War irgendwas?", „Nö, wieso?", Ab geht's!"

So geht das quasi jeden Abend – bis zum Erbrechen, äh Entschuldigung – bis zur Abreise. Aber man hat ja schließlich Urlaub. Ob die Jungs noch alles wissen? Weiß nicht!
Doch das ist nicht meine Angelegenheit, obwohl auch ich gerne mal einen oder mehrere trinke – aber eben niemals durcheinander. Dann, ja dann ist man am nächsten Tag glücklich und zufrieden. Also zumindest ist das bei mir so und ich kann mich noch an den Vorabend erinnern und wache darüber hinaus im richtigen Zimmer auf. Das, ja das kann bekanntlich nie schaden. Allerdings muss das jeder ganz alleine mit sich selbst ausfechten, was er wie, wo, mit wem und gegebenenfalls außerdem warum gemacht oder vielleicht (nicht) getrieben hat.

Aber – und das bitte ich an dieser Stelle einfach mal mitzunehmen – es nach dem Mittagessen in allen Einzelheiten in ohrenbetäubender Lautstärke, und das über mehrere Liegen hinweg, breitzutreten, das finde ich jetzt eher so semi-optimal. Und das aus Sicht aller Beteiligten. Erst recht für diejenigen, die einfach nur in ihrem Buch weiterlesen möchten und folgerichtig mit den Gedanken ganz woanders gewesen sind. Bis, ja bis der „Cristiano für Arme" seine Version der Partynacht zum Besten gegeben hat. Ruhe!

Spaß muss und darf auch sein – und erst recht, wenn schließlich beide Discohäschen damit einverstanden gewesen sind. Dennoch finde ich es nicht in Ordnung, das auf der halben Hotelanlage zu erzählen, weil man sich ohnehin zwangsläufig wieder über den Weg läuft: sei es am Strand, beim Essen oder am Pool. Und sowieso, wenn man noch ein paar Tage vor Ort ist und es – hoffentlich in gemeinsamer Absprache – zu einer einmaligen Sache erklärt hat. Mehr wird ja selten daraus, denke ich. Gut, es soll ja Ausnahmen geben...

Aber: Wenn ich jetzt schreibe, dass das zumindest meine Erfahrung zeigt, könnte das gleich auf so vielen Ebenen total missverständlich klingen... Oder etwa nicht? Schwamm drüber, da gehe ich lieber wieder zum Schnorcheln und schaue mir bunte Fische an, als den neuesten Klatsch und Tratsch zwischen Chlorgeruch und dem Duft von Sonnencreme zu ertragen. Ist nicht so meins! Da mische ich mich doch lieber unter die Gleichgesinnten in der Sports-Bar, um mir die Bundesliga oder die Champions League anzuschauen – und das inmitten von Fans aller möglichen Vereine, die an ihren übergestreiften Trikots gut zu erkennen sind.

Da sind sie dann versammelt, die ganzen Trainer und Experten, und wissen – na klar – alles besser. Lustig wird es dann, wenn sich Fan A über Fan B beschwert, der das Spiel kommentieren möchte, obwohl er es eigentlich mit Mannschaft C hält, aber das Team von Fan A nicht wirklich gut leiden kann oder so ähnlich. Ihr seid verwirrt, ich auch – und zwar jedes Mal. Hauptsache, die Getränke sind kalt.

Aber nichtsdestotrotz möchte ich Fußballschauen und das immer wieder gerne. Noch witziger wird es, wenn tatsächlich Urlauber in die Bar – die seitlich der Haupthalle des Hotels liegt – kommen, die von diesem Sport keine Ahnung haben oder sich „Null-Komma-Null" dafür interessieren. Anstatt sich dann aber nur ein Getränk zu bestellen und die Fans in Ruhe mit-fiebern zu lassen, fällt einer der schlimmsten Sätze, die man in einer solchen Situation aussprechen kann und die für Totenstille vor dem TV sorgt:

„Wer spielt denn da?!"

Während einige nur mit dem Kopf schütteln, würden manche gerne mit etwas werfen. Wiederum andere fassen sich an die Stirn und teilen dem Pool-Nachbar mit, er möge bitte schnell und zügig den Raum verlassen: „Geh"!

Auf die Frage antwortet keiner, es könnte ja ganz falsch ankommen oder für unnötige Unruhe im „TV-Studio" bei allen Beteiligten sorgen. Schließlich hat man den Barbetreiber mit schlagenden Argumenten dazu gebracht, dass das Spiel in deutscher Sprache läuft, obwohl man weit weg von der gelobten Heimat ist. Das lief dann übrigens etwa so ab:

„Hör mal, kannste das auf Deutsch machen?"
„Gib mal her das Dingens!"
„Ihr müsst auf Kanal 250 schalten..."

Völlig verständlich, dass der dritte Tipp mein absoluter Favorit ist. Denn natürlich ist in der Hotelbar alles wie zuhause am eigenen Fernseher eingespeichert. Sicher, ist klar, ne? Dass das Spiel in einer traurigen Nullnummer endet, soll an dieser Stelle nicht unerwähnt bleiben. Nach dem sechsten Bier haben sich die Gemüter wieder abgekühlt – zumindest etwas. Bis, ja bis am nächsten Abend das nächste Spiel angeschaut werden muss. Erneut geht es heiß her – und wie. Dieses Mal fallen jedoch auch Tore, gar nicht mal so wenige.

Doch einen Sieger gibt's auch dieses Mal nicht. Wichtiger ist doch – Fußball hin oder her – die Tatsache, dass das Frühstücksei von einem glücklichen Huhn stammt und – na klar – mindestens genauso gut wie daheim schmecken muss. Und, das soll nicht unerwähnt bleiben an dieser Stelle, es muss natürlich jeden Morgen gleich munden, sonst:

„Kannst du das hier eh alles vergessen, weißte!"
„Hör mal, wir sind aber nicht bei uns..."
„Weiß ich doch selbst, man!"
„Warum sagst du das dann überhaupt?"

Insgeheim hofft man in einem solchen Moment, dass dieser Dialog nun ein Ende hat und man nicht mehr zuhören oder dieses – bei der Anreise noch so innig verliebte – Paar am Strand nicht gleich wieder zu ertragen hat. Nun, hat nicht wirklich geklappt und man bekommt noch den ganzen Vormittag das Gequatsche zu hören. Ganz egal, ob man es möchte oder nicht. Man wird ja nicht wirklich gefragt, ob man in der ersten Reihe live mit dabei sein mag. Gehört wohl zum Service...?

Ich hätte ja auch einfach woanders Urlaub machen können. Stimmt, sorry – ist / war mein Fehler! Nächstes Mal gehe ich ins Reisebüro und wähle einen Ort, an dem ich niemanden treffe. Nein, ich hasse keine Menschen, bin ja gerne in Gesellschaft – aber auf manche Mitreisende und Zeitgenossinnen möchte man doch gerne verzichten. Aber das merkt man, ihr ahnt es bereits, ja erst hinterher. Sonst wäre das alles ja auch viel zu einfach, nicht wahr?

Überhaupt wäre es ja oftmals viel besser, wenn man dazu in der Lage wäre, den Fehler oder das Problem bei einem selbst zu suchen. Vielleicht ist man ja selbst der schwierige Zeitgenosse und nicht der Rest der urlaubsfreudigen Meute, die man alle komplett wiedersieht – und zwar bei der Rückreise am Flughafen. Spätestens da ist es, zumindest bei einigen, mit der Erholung endgültig vorbei, weil irgendjemand den Koffer überladen hat, gar nicht erst richtig zubekommt und die Kinder rummosern. Ja, da hilft es nur auf Durchzug zu schalten.

Außer – ihr wisst Bescheid – es ist der eigene Nachwuchs. Aber selbst da sind manche Eltern nach einer Woche Erholung in der Sonne ziemlich schmerzfrei und möchten – so sieht's bei einigen aus – ohne Kids abreisen. Da wird dann gerne mal so getan, als wären es gar nicht die eigenen Sprösslinge, die beinahe den gesamten Bereich der Abflughalle unterhalten und ständig Richtung Waschräume rennen. Ja, mein Gott, so etwas passiert und irgendwie freut sich doch jeder von uns auf die Heimat. Aber: Jeder eben auf seine ganz andere Art und Weise, wie das schlafende Paar in meinem rechten Augenwinkel, das die Zeit, bis sie der Shuttle-Bus aufgesammelt hat, wohl noch an der Hotelbar verbrachte. Es galt, den einen oder anderen bleibenden Eindruck zu vergessen. Dass man gerade dabei ist, einen eben solchen bei fast allen Menschen, die am gleichen Gate warten, zu hinterlassen – ach, geschenkt.

Währenddessen sucht jemand ganz aufgeregt seinen Pass und erhält kurzerhand den Tipp, doch eben noch schnell im Hotelsafe nachzusehen. Wie das nun wieder gehen soll, wenn man bereits am Airport kurz vor der Abreise ist, erschließt sich mir nicht wirklich. Ich glaube, dass ich alles habe – oder, oder?! Als sich für den Flieger zurück in die gelobte Bundesrepublik auch noch eine Verspätung ankündigt, die in drei verschiedenen Sprachen angesagt wird, gibt es ein kleines Stimmungshoch – aber in ganz unterschiedliche Richtungen. Insbesondere für die Kids und ihre gestressten Eltern ist diese Nachricht ein „Super-GAU", während ich mich zwar auch ärgere, aber es schließlich nicht ändern kann. So etwas kann passieren.

Gut, dass ich nach der Landung nicht mit der Bahn weiterreisen muss. Denn – und das sehr wahrscheinlich – wird auch nicht pünktlich sein. Nur gut, dass das die Mitreisenden nicht auf dem Schirm haben, also noch nicht. Klar!

Als ich mich dazu entschließe, im Flugzeug ein Schläfchen zu machen, fühlen andere den Flüssigkeitshaushalt auf. Und das mit den unterschiedlichsten Getränken. Versteht sich von selbst, dass die Mehrheit der Bestellungen bei den Stewardessen mit diversen Umdrehungen versehen ist.

„Hau wech, den Sch…!", grölt einer.
„Prost, ihr Säcke", hört man aus einer anderen Reihe. Na dann, lasst es euch mal schmecken.

Wahrscheinlich ist das den gesamten Rückflug so weitergegangen, aber das kann ich leider an dieser Stelle nicht mit 100-prozentiger Sicherheit sagen, da ich irgendwann tatsächlich eingeschlafen sein muss.

Ich träumte von diesen erholsamen Strandtagen, den Tauchgängen und den Quad-Ausflügen sowie dem guten Essen und interessanten Bekanntschaften. Ja, es gab Zeitgenossen und Zeitgenossinnen, mit denen ich mich gerne unterhalten oder zusammengesetzt habe.

Und sicherlich haben auch wir das eine oder andere Getränk konsumiert, zu den üblichen Schlagern getanzt, mit anderen geflirtet und die eine oder andere kürzere Nacht gehabt. Aber ich behaupte, dass ich nie über die Stränge geschlagen oder meine Mobilfunknummer – ohne darüber nachzudenken – verteilt habe. Auch so etwas kann, ohne an dieser Stelle nur Schwarzmalerei zu betreiben, ziemlich nach hinten losgehen. Habe ich zumindest an Tag vier in allen Einzelheiten mitbekommen – zwischen den Liegen am Pool, aber ganz ohne noch einmal genauer nachzufragen. Oder habe ich das alles etwa nur geträumt? Eher nicht!

Fest steht: Ich habe mich bei bestem Wetter mit reichlich Sonnenschein auf jeden Fall super erholt, richtig gut amüsiert und werde so eine Pauschalreise bestimmt mal wieder buchen – na klar. Es ist wie es ist: Menschen sind nun einmal verschieden, ganz egal, ob im Privatleben, im Beruf oder eben im Urlaub.

Das Schöne ist doch, dass man sich immer selbst aussuchen kann, ob – und falls ja – mit wem man das eine oder andere Gespräch führen oder so manchen Abend verbringen möchte. Man merkt doch eigentlich ziemlich schnell, ob die Chemie stimmt. Euch allen eine schöne Urlaubszeit, gute Entspannung und stabile Nerven – egal, mit wem, wann und wo.

Thomas Schlichte, geboren 1982 in Friedrichshafen. Der ausgebildete Journalist, Online-Redakteur und Autor ist eigentlich im Sport daheim und doch auf der ganzen Welt zu Hause. Er gewinnt seine Ideen auf Reisen, bei Gesprächen und durch Begegnungen im Alltag. Wenn ihn etwas bewegt oder fasziniert, möchte er es am liebsten festhalten – zumindest auf Papier. Sein erfolgreiches Debüt feierte er mit seinem Liebesroman „Verhängnisvolle Begegnung – Der lange Weg zum perfekten Glück" der im August 2012 als Taschenbuch im Windsor Verlag erschienen, aber inzwischen restlos ausverkauft ist.